Du même auteur chez d'autres éditeurs

Jeunesse
Corneilles, Boréal, 1989.
Zamboni, Boréal, 1989.
  • PRIX M. CHRISTIE
Deux heures et demie avant Jasmine, Boréal, 1991.
  • PRIX DU GOUVERNEUR GÉNÉRAL
David et le Fantôme, Dominique et compagnie, 2000.
  • PRIX M. CHRISTIE
  • Liste d'honneur IBBY
David et les monstres de la forêt, Dominique et compagnie, 2001.
David et le précipice, Dominique et compagnie, 2001.
David et la maison de la sorcière, Dominique et compagnie, 2002.
David et l'orage, Dominique et compagnie, 2003.
David et les crabes noirs, Dominique et compagnie, 2004.

Albums
L'été de la moustache, Les 400 coups, 2000.
Madame Misère, Les 400 coups, 2000.
Tocson, Dominique et compagnie, 2003.

Adultes
La Note de passage, Boréal, 1985. B.Q., 1993.
Benito, Boréal, 1987. Boréal compact, 1995.
L'Effet Summerhill, Boréal, 1988.
Bonheur fou, Boréal, 1990.

JEUNESSE

SALUT CYLIA !

19 AVRIL 2007

Klonk

ou comment se débarrasser
des adolescents

Du même auteur chez Québec Amérique

Jeunesse
Granulite, coll. Bilbo, 1992.
Guillaume, coll. Gulliver, 1995.
    • MENTION SPÉCIALE PRIX SAINT-EXUPÉRY (FRANCE)
Le Match des étoiles, coll. Gulliver, 1996.
Kate, quelque part, coll. Titan+, 1998.
Lola superstar, coll. Bilbo, 2004.

SÉRIE KLONK
Klonk, coll. Bilbo, 1993.
    • PRIX ALVINE-BÉLISLE
Lance et Klonk, coll. Bilbo, 1994.
Le Cercueil de Klonk, coll. Bilbo, 1995.
Un amour de Klonk, coll. Bilbo, 1995.
Le Cauchemar de Klonk, coll. Bilbo, 1997.
Klonk et le Beatle mouillé, coll. Bilbo, 1997.
Klonk et le treize noir, coll. Bilbo, 1999.
Klonk et la queue du Scorpion, coll. Bilbo, 2000.
Coca-Klonk, coll. Bilbo, 2001.
La Racine carrée de Klonk, coll. Bilbo, 2002.
Le Testament de Klonk, coll. Bilbo, 2003.
Klonk contre Klonk, coll. Bilbo, 2004.

SÉRIE SAUVAGE
La Piste sauvage, coll. Titan, 2002.
L'Araignée sauvage, coll. Titan, 2004.
Sekhmet, la déesse sauvage, coll. Titan, 2005.

Adultes
Les Black Stones vous reviendront dans quelques instants,
        coll. Littérature d'Amérique, 1991.
Ostende, coll. Littérature d'Amérique, 1994.
        Coll. QA compact, 2002.
Miss Septembre, coll. Littérature d'Amérique, 1996.
Vingt et un tableaux (et quelques craies), coll. Littérature d'Amérique, 1998.
Fillion et frères, coll. Littérature d'Amérique, 2000.
        Coll. QA compact, 2003.
Je ne comprends pas tout, coll. Littérature d'Amérique, 2002.
Adieu, Betty Crocker, coll. Littérature d'Amérique, 2003.
Mélamine Blues, coll. Littérature d'Amérique, 2005.

Klonk
ou comment se débarrasser
des adolescents

FRANÇOIS GRAVEL
ILLUSTRATIONS : PIERRE PRATT

QUÉBEC AMÉRIQUE jeunesse

Catalogage avant publication de Bibliothèque et Archives Canada

Gravel, François
Klonk, ou comment se débarrasser des adolescents :
roman
(Bilbo jeunesse ; 47)
ISBN 2-89037-656-7
I. Titre. II. Titre: Comment se débarrasser des adolescents. III. Collection.
PS8563.R388K56 1993   jC843'.54   C93-097213-9
PS9563.R388K56 1993
PZ23.G72K1 1993

 Conseil des Arts   Canada Council
du Canada   for the Arts

Nous reconnaissons l'aide financière du gouvernement du Canada
par l'entremise du Programme d'aide au développement de l'industrie
de l'édition (PADIÉ) pour nos activités d'édition.

Gouvernement du Québec – Programme de crédit d'impôt pour
l'édition de livres – Gestion SODEC.

Les Éditions Québec Amérique bénéficient du programme de
subvention globale du Conseil des Arts du Canada. Elles tiennent
également à remercier la SODEC pour son appui financier.

Québec Amérique
329, rue de la Commune Ouest, 3e étage
Montréal (Québec) H2Y 2E1
Téléphone : (514) 499-3000, télécopieur : (514) 499-3010

Dépôt légal : 3e trimestre 1993
Bibliothèque nationale du Québec
Bibliothèque nationale du Canada

Mise en pages : Cait Beattie
Réimpression : juin 2005

CHAPITRE UN

L'histoire des
Ados

L'adolescence est une maladie qui s'attrape généralement vers treize ou quatorze ans. Ceux qui en sont atteints se mettent d'abord à manger des tonnes de hamburgers et de pizzas. Ils grandissent ensuite tellement vite qu'ils ne savent pas trop quoi faire de leurs grands bras et de leurs grandes jambes, si bien qu'ils ressemblent souvent à des babouins. Comme si ce n'était pas suffisant pour les rendre ridicules, il leur pousse des touffes de poils un peu partout, ils sentent mauvais et ils ont des boutons.

Cette maladie n'est pas seulement physique, elle est aussi mentale. Même les enfants les plus intelligents deviennent un peu débiles quand ils attrapent l'adolescence, mais il ne faut pas trop leur en vouloir : ils ne sont pas entièrement responsables de ce qui leur arrive. Avec le temps, ils finissent toujours par guérir. C'est un mauvais moment à passer, voilà tout. Un mauvais moment pour leurs parents, bien sûr, mais surtout pour les plus jeunes qui ont le malheur d'habiter avec eux.

Quand j'avais onze ans, il y a très longtemps de cela, j'étais le plus jeune d'une famille de cinq enfants. Je vivais donc avec *quatre* adolescents dans une toute petite maison où il n'y avait qu'*un seul* téléphone et *une seule* salle de bains. Cela m'autorise, je pense, à parler des adolescents en connaissance de cause.

Il y avait d'abord ma grande sœur Denise, qui était amoureuse de tous les chanteurs populaires et de toutes les vedettes de cinéma. Elle passait ses journées à découper leurs photos dans les magazines et les journaux mais, au lieu de les ranger dans une boîte ou dans un album, elle les collait sur son grand miroir, au-dessus de sa commode. C'était plus facile de les voir, d'accord, mais il y en avait tellement qu'elle ne pouvait même plus se voir elle-même! Quand elle voulait se coiffer, elle était obligée d'utiliser le miroir de ma sœur Ginette. Chaque fois, c'était un drame.

Ma sœur Ginette n'avait pas de photos de chanteurs sur son miroir. Elle les avait enlevées quand elle avait rencontré André, son amoureux. Ginette et André se téléphonaient tous les soirs. Ça durait des heures. Parfois, ils n'avaient rien à se dire, mais ils restaient là, accrochés au téléphone, pour s'entendre respirer.

Denise, croyant alors qu'il n'y avait personne, entrait dans la chambre de Ginette pour utiliser son miroir.

Chaque fois, la même chicane recommençait :

— Qu'est-ce que tu fais dans *ma* chambre? Tu viens encore m'espionner?

— Je ne peux pas t'espionner, tu ne dis rien! répliquait Denise, non sans raison.

— Si tu sais que je ne parle pas, c'est la preuve que tu m'espionnes! Tu es jalouse!

— D'abord ce n'est même pas vrai et ensuite comment ça se fait que c'est *mon* rouge à lèvres qui est sur *ta* commode?

— Et toi, pourquoi as-tu pris *mes* bas de nylon, la semaine dernière?

Plus elles criaient, moins leurs arguments étaient logiques. Quand ma mère arrivait pour voir ce qui se passait, elle était obligée de crier encore plus fort. Mes sœurs s'enfermaient ensuite dans leur chambre en claquant la porte tandis que ma mère poussait un long soupir et retournait à ses chaudrons. On pouvait alors profiter d'un peu de silence, mais ça ne durait pas longtemps : mon frère Louis arrivait à la maison avec un nouveau disque qu'il venait d'acheter. Il aurait pu l'écouter une fois ou deux, bon, c'est normal. Mais les adolescents ne sont pas normaux. Quand ils aiment une chanson, ils la font jouer cent cinquante fois de suite, le plus fort possible, jusqu'à ce qu'ils connaissent les paroles par cœur. Ensuite ils la font jouer encore cent cinquante fois pour chanter en même temps que le chanteur, jusqu'à ce que tout le monde devienne fou.

Ma mère lui criait alors de baisser le volume, mon père se plaignait qu'il ne pouvait pas lire son journal en paix, ma sœur Ginette venait s'en mêler en disant qu'elle ne pouvait même plus parler au téléphone, Denise répliquait que c'était tant mieux, et tout le monde se disputait. Quand ils étaient fatigués de crier, toutes les portes claquaient et nous avions encore un peu de silence jusqu'à ce que mon frère Gilles, qui avait dormi tout ce temps-là, se lève enfin. Le samedi et le dimanche, Gilles dormait toujours jusqu'à midi. Il était tellement habitué à entendre les disputes que le silence le réveillait.

Aussitôt levé, il allait s'étendre sur le sofa du salon avec deux tonnes de biscuits et passait le reste de la journée à regarder la télévision, qu'il faisait jouer le plus fort possible pour couvrir tous les autres bruits de la maison. Le soir, il allait encore s'étendre sur le sofa pour regarder des films de guerre et ensuite il allait dormir. S'il y avait eu un concours de la vie la plus ennuyante, je suis certain qu'il aurait gagné le premier prix.

Pourtant, quand il était plus jeune, Gilles venait souvent jouer dehors avec moi. Mais aussitôt qu'il a attrapé l'adolescence, il s'est installé dans son sofa et n'a jamais plus voulu faire de sports. Le pire, c'est qu'il n'aimait pas vraiment la télévision puisqu'il se plaignait toujours que les émissions étaient nulles. Au fond, je pense qu'il aimait beaucoup s'ennuyer et se plaindre, ce qui prouve que l'adolescence est vraiment une maladie et qu'elle attaque surtout le cerveau.

Heureusement qu'il y a eu cette fissure dans la glace. C'est grâce à cette fissure que j'ai eu mon accident. Si je n'avais pas eu cet accident, je n'aurais jamais eu une jambe dans le plâtre. Sans mon plâtre, je n'aurais jamais rencontré Klonk. Et c'est grâce à Klonk, enfin, que j'ai appris comment on pouvait se débarrasser des adolescents. C'est une histoire un peu compliquée, un peu triste aussi, mais ça vaut la peine de la raconter, je pense.

CHAPITRE DEUX

Une vie en
Noir et blanc

Les adultes, à cette époque, manquaient terriblement d'imagination. Plus j'y pense, plus je me dis qu'ils subissaient la mauvaise influence de la télévision, qui ne diffusait à ce moment-là que des émissions en noir et blanc.

Comme ils n'avaient jamais vu autre chose, ils se croyaient obligés de fabriquer tous les objets en noir ou en blanc. Toutes les baignoires et tous les éviers étaient blancs, les draps et les taies d'oreillers aussi, et les hommes portaient toujours des chemises blanches. Les téléphones, par contre, étaient toujours noirs, comme les autos de police, les taxis, les peignes et les robes des prêtres et des religieuses. Ce n'était pas seulement la télévision mais toute la vie qui était en noir et blanc.

Les adultes étaient tous pareils. Les mères restaient à la maison pour s'occuper du ménage, préparer les repas et chicaner les enfants qui faisaient trop de bruit. Les pères travaillaient tout le temps, si bien qu'on ne les voyait presque jamais. Quand ils étaient en congé, ils s'assoyaient dans leur fauteuil et se cachaient derrière leur journal pour fumer des cigarettes. On ne pouvait les apercevoir que lorsqu'ils refermaient leur journal, de temps à autre, pour crier qu'il n'y avait pas moyen de lire en paix.

Les parents n'avaient pas beaucoup d'imagination, ils étaient un peu ennuyants, mais ils étaient quand même faciles à supporter. Il suffisait de se tenir tranquilles à la maison et d'aller jouer dehors le plus souvent possible, c'est tout.

Ce qui était bien, dans ce temps-là, c'est qu'il y avait beaucoup d'enfants de mon âge. Rien que dans ma rue, qui était une toute petite rue, il y avait une douzaine de garçons de onze ou douze ans qui vivaient, comme moi, dans des maisons pleines d'adolescents, ou alors dans des maisons pleines de bébés, ce qui n'était guère mieux.

Il suffisait de sortir, le samedi matin, et une minute plus tard nous pouvions former deux équipes de hockey, de football, de baseball, ou de n'importe quel sport. En revenant de l'école, nous nous débarrassions de nos devoirs le plus vite possible pour aller jouer dehors. Nous rentrions ensuite pour manger, et nous retournions jouer dehors jusqu'à ce qu'il fasse vraiment trop noir.

Pendant les vacances de Noël, nous passions tout notre temps à jouer au hockey sur des patinoires

que nous arrosions nous-mêmes
et nous ne rentrions dans nos
maisons que lorsque nos orteils
étaient gelés. L'été, il fallait vraiment qu'il pleuve à boire debout
pour que nous nous arrêtions de
jouer au baseball ou au football.
Nos maisons, c'était comme des
restaurants pour aller manger et
des hôtels pour dormir, et c'était
très bien comme ça.

Pour ceux qui aimaient les
sports, comme moi, c'était parfait,
et tout aurait continué à être parfait si je n'avais pas eu mon accident.

C'est arrivé en jouant au hockey, chez Dionne, pendant les vacances de Noël. Il y avait beaucoup
de fissures dans la glace, surtout
près des bandes. J'ai voulu faire
une feinte savante, mais j'ai tellement bien réussi que je me suis
mêlé moi-même. La lame de mon
patin s'est coincée dans une fissure, je suis tombé, un autre joueur

est tombé sur moi, et je n'ai pas été capable de me relever.

À l'hôpital, les médecins m'ont endormi, le temps de réparer ma jambe, et je me suis réveillé avec un magnifique plâtre tout neuf, si blanc qu'il en était éblouissant. C'est à partir de ce jour-là que ma vie a changé.

CHAPITRE TROIS

Une longue journée ennuyante

Au début, j'étais vraiment très content d'avoir un plâtre. Tous mes amis venaient me voir à la maison pour que je leur montre ma grosse jambe toute blanche et que je leur raconte mon voyage en ambulance. Ils faisaient semblant de me prendre en pitié mais je savais bien qu'ils étaient, au fond d'eux-mêmes, terriblement jaloux.

Mes parents étaient gentils avec moi. Ils m'avaient acheté un jeu de Monopoly, des casse-tête et des bandes dessinées pour que je ne m'ennuie pas trop. J'avais même obtenu le droit, pendant les premiers jours, de prendre mes repas dans mon lit, sur une petite table spéciale. J'étais comme un roi entouré de serviteurs.

Même mes frères et mes sœurs étaient gentils. Ils jouaient avec moi au Monopoly et me racontaient des histoires que je n'avais jamais entendues.

Pendant les premiers jours, j'étais comme au paradis. Mais ensuite...

Ensuite, mes amis ne sont plus venus me voir. Ils n'allaient tout de même pas arrêter de jouer au hockey parce que j'avais eu un accident, c'est normal. Mais moi je les voyais jouer, par la fenêtre de ma chambre, et plus je les regardais jouer, plus je m'ennuyais.

Mes parents ne pouvaient pas toujours s'occuper de moi, ils n'en avaient pas le temps. Mes frères et mes sœurs avaient bien vite épuisé leur stock d'histoires et avaient repris leurs anciennes habitudes. Quand je leur proposais de jouer au Monopoly, ils m'envoyaient promener. Ils préféraient se disputer, claquer des portes et s'ennuyer, autrement dit faire les adolescents.

Alors je restais là, tout seul à la maison, avec mes casse-tête que j'avais finis depuis longtemps, mes albums de bandes dessinées que je connaissais par cœur et mon jeu de Monopoly qui ne me servait plus à rien.

Avoir une jambe dans le plâtre, c'est amusant pendant les premiers jours. Ensuite c'est affreux, surtout quand la jambe nous pique et qu'on ne peut même pas se gratter. Et puis le plâtre se salit, on ne peut pas le laver et il devient tout gris. Je m'ennuyais tellement que toute ma vie devenait grise.

▲ ▲ ▲

Je me suis ennuyé pendant une semaine, puis ma mère a eu la bonne idée de me confectionner un pantalon spécial, avec une jambe

très ample, pour que je puisse aller prendre l'air. Aussitôt que j'ai eu mon pantalon, je suis allé rejoindre mes amis à la patinoire.

Je ne pouvais pas chausser mes patins, évidemment, mais je pensais que je pourrais quand même garder le but. Un plâtre, c'est bien plus solide qu'une jambière de gardien de but. L'ennui, c'est que ça ne peut pas se plier. J'étais donc un très mauvais gardien, si mauvais que personne ne voulait de moi dans son équipe. Mes amis me suggéraient d'être arbitre, mais personne ne respectait mes décisions, alors je rentrais chez moi, tout seul, et je m'ennuyais.

Dans ce temps-là, il y avait un joueur de hockey qui s'appelait Bernard Geoffrion, mais on l'appelait surtout par son surnom, Boum-Boum. Un jour, il avait été blessé et le médecin lui avait mis un bras dans le plâtre. Sans lui, les Canadiens perdaient tous leurs matchs.

Boum-Boum Geoffrion était tellement fâché de voir son équipe perdre qu'il avait pris un marteau et avait brisé son plâtre.

Mon père et mes grands frères étaient d'accord avec les animateurs de la soirée du hockey : Boum-Boum Geoffrion était très courageux. Mais quand j'ai voulu faire la même chose, ils ont dit que j'avais une tête de linotte. En plus de manquer d'imagination, les adultes manquaient aussi de logique. Non, vraiment, ils n'étaient pas très intéressants.

Je m'ennuyais tellement que j'avais hâte, à la fin des vacances de Noël, que l'école recommence.

▲ ▲ ▲

Quand j'allais à l'école, d'habitude, je m'amusais toujours avec mes amis en cours de route. Nous faisions des courses, des batailles de balles de neige, des choses comme ça. Mais depuis que j'avais un plâtre, impossible de courir. Je pouvais lancer des balles de neige, mais j'avais du mal à me pencher pour esquiver, si bien que, pour une balle que je réussissais à lancer, j'en recevais dix. J'étais une belle cible et mes amis en profitaient.

Au retour de l'école, le soir, c'était pire encore. Mes amis étaient tellement pressés de jouer au hockey qu'ils ne m'attendaient pas. Alors je rentrais à la maison, je m'ennuyais et c'est tout.

La nuit, je rêvais que mon plâtre avait disparu. Je jouais des millions de parties de hockey et je patinais tellement vite que la glace fondait sous mes patins. Mais quand je me réveillais, le lendemain matin, j'avais encore mon plâtre. Il fallait encore que j'aille à l'école tout seul, que je rentre tout seul à la maison, et que je m'ennuie toute la soirée dans une maison pleine d'adolescents.

Si je n'avais pas rencontré Klonk,
je pense que je serais mort d'ennui.

CHAPITRE QUATRE

Pauvre Klonk

Dans ce temps-là, personne ne s'appelait Yannick, Yan ou Stéphane, mais il y avait des centaines, des milliers de Michel, de Pierre et de Jean. Dans la cour d'école, on ne pouvait pas crier un de ces prénoms sans voir aussitôt des dizaines de têtes se retourner. C'était bien malcommode, surtout quand on faisait du sport, alors on utilisait le nom de famille, c'était plus facile. Mes amis s'appelaient Manseau, Desjardins, Boucher, Leclair, Dionne, Henrichon et Dugré. Il y avait parfois des exceptions. J'avais un ami, par exemple, dont le nom de famille était Zyromski. Celui-là, on l'appelait toujours

Frank. Parfois, aussi, on inventait un surnom et on l'utilisait tellement souvent qu'on finissait par oublier le véritable nom. Tous ceux qui étaient dans ma classe, cette année-là, se souviennent de Klonk, mais tous ont sûrement oublié son véritable nom de famille, un nom allemand ou polonais, très difficile à prononcer.

Même s'il était dans ma classe depuis la première année, je ne parlais pas souvent à Klonk. Il faut dire qu'il n'habitait pas la même rue que moi. J'avais déjà tellement d'amis dans ma rue que je n'avais pas vraiment besoin de le connaître.

Il faut dire aussi que Klonk n'était pas un enfant comme les autres. Quand il était bébé, il avait attrapé une maladie très grave, la polio. Personne ne sait pourquoi il y avait eu une épidémie de poliomyélite (c'était le vrai nom de la maladie) ni pourquoi cette maladie avait surtout attaqué les enfants. Les médecins pensaient que c'était à cause d'un virus qui pouvait se trouver dans l'eau des rivières polluées ou qui avait été transporté par les mouches. Ceux qui attrapaient le virus étaient parfois malades pendant quatre ou cinq jours, ensuite c'était fini. Mais d'autres enfants avaient eu moins de chance : leurs bras et leurs jambes avaient paralysé et avaient cessé de grandir. C'était ce qui était arrivé à Klonk. Il avait un bras beaucoup plus petit que l'autre. Il pouvait quand même s'en servir un peu, mais il ne pouvait pas faire de sports.

S'il était né seulement quelques années plus tard, il n'aurait jamais attrapé la poliomyélite. En 1954, les médecins ont inventé un vaccin et, grâce à ce vaccin, plus personne n'a eu cette maladie. Il n'avait vraiment pas eu de chance.

À l'école, Klonk avait de très

bonnes notes. Quand la maîtresse nous demandait de travailler en équipe, tout le monde voulait être avec lui. Mais lorsque venait le temps des récréations, tout le monde l'oubliait. Pendant les récréations, Klonk disparaissait.

Si je n'avais pas eu mon plâtre, je n'aurais jamais su qu'il disparaissait *vraiment*.

CHAPITRE CINQ

Un invisible

~~~

Ceux qui ne pouvaient pas jouer dehors pendant les récréations, parce qu'ils étaient malades ou parce qu'ils avaient été punis, étaient obligés de rester dans la grande salle de l'école. Ceux qui étaient en punition se tenaient debout devant un mur, les mains dans le dos, et n'avaient pas le droit de bouger. Les autres lisaient des livres, faisaient leurs devoirs ou bien s'ennuyaient comme ils pouvaient.

Avec ma jambe dans le plâtre, j'aurais pu sortir, mais mon pantalon spécial était tellement difficile à enfiler que ça n'en valait pas la peine. Et puis je n'aimais pas tellement voir mes amis s'amuser sans moi. Depuis que j'avais eu mon accident, je n'existais plus pour eux. Alors je restais dans la grande salle, à m'ennuyer et à rêver que mon plâtre fondait.

Autour de moi, il y avait des enfants qui avaient la grippe ou d'autres maladies qui les empêchaient de jouer dehors. Ils étaient comme en punition, eux aussi, même s'ils n'avaient rien fait de mal.

C'est en regardant autour de moi que je me suis aperçu, tout à coup, que Klonk avait disparu. Je l'avais vu descendre l'escalier en même temps que les autres, il n'était donc pas resté dans la salle de classe. Puisqu'il n'avait pas mis son manteau ni ses bottes, il ne pouvait pas être sorti dehors, et de toute façon il ne venait jamais jouer avec nous pendant les récréations. Où était-il? J'avais beau regarder dans la grande salle, je ne le voyais nulle part.

Quand la cloche de la fin de la récréation a sonné, je l'ai enfin aperçu. Il était assis sur une chaise, dans un coin de la salle. J'étais certain d'avoir bien regardé, pourtant, et je ne l'avais pas vu... On aurait dit qu'il était réapparu soudainement, *qu'il s'était rematérialisé sur sa chaise...*

Je ne pouvais pas croire qu'il avait réellement disparu. Je pensais que j'avais sans doute mal regardé, que j'avais été dans la lune ou que j'avais rêvé, ce genre de choses qu'on se dit toujours quand on assiste à un événement qui nous semble incroyable.

Le lendemain, j'avais décidé de ne pas quitter Klonk des yeux, pour percer ce mystère. Quand nous sommes sortis de la classe, à la récréation du matin, je l'ai suivi de loin, pour qu'il ne se doute de rien. Je l'ai vu aller s'asseoir sur sa chaise dans la grande salle. Je me suis installé près de lui, en face de

la fenêtre, et j'ai fait semblant de regarder dehors.

Klonk a attendu quelques instants puis, quand il a été certain que personne ne le regardait, il a sorti un livre de son sac. Aussitôt son livre ouvert, il a commencé à disparaître. D'abord ses pieds, puis ses jambes, comme s'il se faisait effacer par un homme invisible, puis tout le reste de son corps. Il n'y avait plus rien, pas même une ombre, pas même un pâle contour, comme on en voit sur une feuille de papier quand on efface un dessin. Tout cela s'était passé en moins de temps qu'il n'en faut pour l'écrire et j'étais là, bouche bée, ne sachant que penser.

J'étais tellement étonné que je suis demeuré immobile jusqu'à la fin de la récréation, les yeux rivés sur la chaise vide. Quand la cloche a sonné, je l'ai vu réapparaître. D'abord la tête, puis les bras, le livre, les jambes...

Je me disais que c'était impossible, tout à fait impossible, et pourtant c'était vrai, bel et bien vrai. Je n'étais pas dans mon lit en train de rêver. Cela se passait en plein jour, dans la grande salle de l'école, où j'étais le seul à avoir vu Klonk disparaître devant moi, devenir invisible, puis réapparaître.

CHAPITRE SIX

Sherlock Holmes

J'étais tellement étonné que je n'ai pas osé aller lui demander ce qui s'était passé. Je suis retourné dans la salle de classe et je me suis assis à mon pupitre, encore tout éberlué. J'avais bien du mal à me concentrer sur ce que disait la maîtresse. Je repensais toujours à ce que j'avais vu — ou plutôt à ce que je n'avais pas vu — et je regardais Klonk, assis au premier rang, deux rangées plus loin.

Vu de dos, il semblait tout à fait normal. C'était seulement quand il écrivait, et surtout quand il était obligé de souligner, qu'on s'apercevait de son infirmité. Il fallait alors qu'il tienne sa règle avec son bras trop court et il devait se pencher beaucoup pour y arriver. Tout le monde se tenait droit, sauf lui. Sa tête touchait presque le pupitre, mais il arrivait à écrire aussi vite que les autres.

À la fin de la journée, pendant que nous préparions nos sacs, je me suis approché de lui. J'avais un peu peur, j'étais un peu gêné, mais je voulais en avoir le cœur net. Je l'ai regardé ranger ses livres et ses cahiers et je suis resté là, sans pouvoir lui parler. Je n'osais pas lui avouer que je l'avais vu disparaître. Comme il fallait bien que je dise quelque chose, je lui ai demandé quel livre il lisait pendant la récréation.

Je le regardais attentivement, pour observer ses réactions. D'abord, il est devenu pâle, peut-être parce qu'il était timide, mais peut-être aussi parce qu'il avait quelque chose à cacher. Ensuite il a commencé à répondre, mais ce qu'il disait n'était pas très clair. Il ne finissait jamais ses phrases, c'était tout mélangé.

— Je ne sais pas si... Sherlock Holmes, c'est une histoire de Sherlock Holmes... Il faut que je fasse attention... Ça commence dans leur maison, à Londres, il y a du brouillard... Je n'aurais pas dû choisir ce livre... Je me suis perdu dans le brouillard, je pense...

— Le Sherlock Holmes qu'on voit à la télévision ?

— Oui, mais les livres sont bien meilleurs.

— Et tu t'es perdu dans le brouillard ? Dans le brouillard de Sherlock Holmes ?

— Non, je veux dire... C'était dans le livre, je me suis mélangé...

— Je peux le voir, ton livre ?

— Pas maintenant, il faut que je rentre, mes parents vont s'inquiéter.

Quand je l'ai vu sortir de la classe, en tenant son sac d'école

Klonk,
Sherlok Holmes et
Watson

comme s'il s'agissait d'un trésor, j'ai compris que j'avais raison : Klonk me cachait un mystère, et ce mystère, j'allais le découvrir.

CHAPITRE SEPT

Klonk et Moi

Les jours suivants, j'ai essayé de devenir son ami. C'était un peu difficile parce que Klonk n'était pas habitué à avoir des amis. Certains garçons de ma classe se moquaient parfois de lui, alors il se méfiait. De mon côté, j'avais beaucoup d'amis, mais seulement pour faire du sport. Je ne savais pas comment on pouvait rencontrer des amis autrement.

J'allais m'asseoir à côté de lui pendant les récréations et je lui demandais de me raconter ce qui se passait dans ses livres. Il me parlait alors des aventures de Sherlock Holmes et c'était bien plus intéressant que de regarder les films à la télévision : quand on écoute une histoire, on peut l'imaginer comme on veut.

Le soir, je faisais un bout de chemin avec lui et il me racontait encore des aventures de Sherlock Holmes. C'était drôle de nous voir marcher tous les deux, lui avec son bras trop court et moi avec mon plâtre. On marchait si mal qu'on ressemblait à deux adolescents, deux babouins perdus dans un pays de neige.

Avec Klonk, je pouvais parler de n'importe quoi et c'était toujours agréable. Son joueur de hockey préféré était Jean Béliveau. Je pensais que Boum-Boum Geoffrion était meilleur, alors on en discutait pendant des heures, comme je le faisais avec mes amis. Klonk n'était pas capable de jouer au hockey mais, à part ça, il était normal.

Sa maison aussi était normale. C'était une petite maison comme la mienne, avec plein de monde dedans. Il y avait d'abord sa mère, qui était toujours dans sa cuisine. Parfois, le dimanche, je pouvais apercevoir, dans le salon, un grand journal déplié avec deux jambes qui dépassaient par en dessous et de la fumée de cigarette qui s'envolait par en haut : il avait un père, lui aussi.

En plus de ses parents, Klonk avait deux grands frères et deux grandes sœurs, comme moi. Ses frères et ses sœurs n'avaient pas attrapé la polio, mais ils étaient encore plus adolescents que les miens : ils avaient plein de boutons sur le visage, ils passaient leur temps à se disputer à propos du téléphone ou de la salle de bains et ils faisaient jouer cent cinquante fois les mêmes disques d'Elvis Presley.

Nous nous amusions beaucoup à comparer nos frères et nos sœurs, pour rire. Ensuite, nous nous inquiétions un peu : allions-nous devenir comme eux, plus tard? Serions-nous obligés de nous enduire les cheveux de graisse pour ressembler à Elvis Presley? Faudrait-il vraiment être aussi débiles?

À cause de son infirmité, Klonk ne pouvait pas jouer dehors. Personne n'aurait voulu de lui dans son équipe. Il était donc condamné à rester chez lui et à entendre les disputes de ses frères et de ses sœurs, sans parler de la télévision et des disques qui jouaient à tue-tête. C'est à cause de ça, peut-être, qu'il a inventé d'autres moyens pour se débarrasser des adolescents.

Il aimait bien, par exemple, faire des parties d'échecs contre un adversaire imaginaire. Lorsqu'il se concentrait sur des problèmes d'échecs, il réussissait à oublier tout ce qui se passait autour de lui.

Il y arrivait encore mieux quand il se plongeait dans un livre. Klonk

lisait beaucoup de bandes dessinées, comme tout le monde, mais
aussi des romans, des vrais romans
de deux ou trois cents pages qu'il
empruntait à la bibliothèque. Il
lui suffisait de lire quelques pages
pour aussitôt partir dans un autre
monde...

— C'est dans tes livres que tu
as appris à disparaître?

Quand je lui posais des questions comme celle-là, il ne me ré-
pondait jamais. Il devenait un peu
plus pâle et changeait de sujet. Il
n'avait pas encore assez confiance
en moi, je pense.

CHAPITRE HUIT

Quelque Livres

Ça fait un peu drôle à dire, mais j'étais très gêné quand, pour la première fois, je suis rentré chez moi avec un livre que Klonk m'avait prêté. Je pensais que ce n'était pas normal qu'un enfant de mon âge lise un aussi gros livre. J'avais peur que mes parents me le confisquent ou bien que mes frères et mes sœurs se moquent de moi.

Dans ma famille, personne ne lisait, sauf mon père, qui se cachait toujours derrière son journal, et ma mère, qui consultait parfois des livres de recettes. Ma sœur Denise achetait souvent des magazines, mais c'était seulement pour découper des photos de chanteurs.

Les seuls livres que je voyais en-
trer chez moi étaient des livres d'é-
cole que mes frères et mes sœurs
étaient *obligés* de lire. La lecture,
pour eux, c'était comme une punition. Je pensais donc, moi aussi,
qu'on ne pouvait pas lire un livre
seulement parce que c'est amusant.

J'avais emprunté le livre de
Klonk un peu pour lui faire plaisir,
un peu aussi parce qu'il avait réussi à m'intriguer en me racontant le
début d'une aventure de Sherlock
Holmes.

Quand il m'avait dit que les
livres étaient cent fois meilleurs
que les films, j'avais eu un peu de
mal à le croire, mais j'avais décidé
d'essayer, pourquoi pas?

Je me souviens encore de ce
que je pensais quand je me suis
enfermé dans ma chambre avec
le livre qu'il m'avait prêté. Trois
cents pages, avec seulement de
l'écriture. Jamais je ne réussirais

à lire tout ça! En plus c'était écrit tout petit, il y avait sûrement plein de mots que je ne connaîtrais pas...

Klonk m'avait dit de ne pas m'en faire avec ça : même ceux qui lisent depuis très longtemps rencontrent des mots nouveaux, de temps en temps. Pas besoin de toujours regarder dans le dictionnaire : on continue à lire et on finit par comprendre. Je voulais bien essayer, mais j'avais quand même peur. Trois cents pages, c'est décourageant. J'ai regardé encore une fois la couverture, sur laquelle on lisait le nom de l'auteur, Arthur Conan Doyle, et le titre : *Étude en rouge*, suivi de *Le Signe des quatre*.

Comme il y avait deux histoires, je me suis dit que c'était un peu moins pire. Et puis je n'étais pas obligé de lire toute la première histoire d'un seul coup. Je commencerais par lire quelques pages, ensuite je verrais si j'aimais ça ou non. Qu'est-ce que je pouvais faire d'autre, de toute façon? Ma sœur Denise écoutait la radio dans sa chambre, Ginette téléphonait à son amoureux, Louis faisait jouer ses disques à tue-tête et Gilles regardait la télévision.

J'ai donc commencé à lire la véritable histoire du docteur Watson, qui, au retour d'un voyage en Afghanistan, fait la connaissance de Sherlock Holmes. Il est vraiment bizarre, Sherlock Holmes, au début : il se livre à d'étranges expériences chimiques, il consomme de la drogue, il se rend à la morgue pour frapper des cadavres avec une canne afin d'étudier les différentes sortes de blessures...

Klonk avait raison : les livres sont bien plus intéressants que les films. Il y a plus de détails, et puis on peut imaginer les personnages comme on veut. On se fait comme un cinéma dans notre tête, un vrai cinéma en couleurs. On voit des fiacres, des chevaux, des criminels

qui se promènent dans la ville de Londres, des cadavres ensanglantés, du brouillard...

Je pense que je me suis vraiment perdu dans le brouillard, ce soir-là, si bien que quelque chose de bizarre s'est produit. J'ai arrêté de lire, au bout d'un certain temps, et je me suis aperçu que tout était silencieux dans la maison. Parfaitement silencieux : plus de télévision, ni de radio, ni de tourne-disque, ni de disputes, rien, même pas le bruit de l'eau dans les tuyaux de la salle de bains. Un silence inquiétant. Effroyable. Toute ma famille était-elle morte pendant que je lisais ?

En cherchant à faire le moins de bruit possible. Je suis sorti de ma chambre, sur la pointe des pieds. Les lumières étaient éteintes. C'était encore plus inquiétant. Je me suis dirigé vers la cuisine, tout doucement, et j'ai regardé l'horloge au-dessus du comptoir :

il était une heure du matin !

Si la maison était aussi silencieuse et aussi noire, c'était parce que tout le monde dormait, tout simplement. Je suis retourné dans ma chambre et j'ai regardé mon livre : sans presque m'en rendre compte, j'avais lu plus de cent pages !

CHAPITRE NEUF

Encore un livre

Trois jours plus tard, j'avais terminé *Étude en rouge*, *Le Signe des quatre*, et j'avais commencé un autre livre que m'avait prêté Klonk : *L'Île au trésor*, de Robert Louis Stevenson, un roman d'aventures avec plein de pirates. Bien installé sur mon lit, je n'avais qu'à lire quelques pages pour aussitôt m'embarquer sur un navire qui m'emmenait loin, très loin de ma maison pleine d'adolescents. Denise et Ginette pouvaient s'engueuler tant qu'elles voulaient, Louis pouvait faire jouer ses disques à tue-tête et Gilles mettre le volume du téléviseur au maximum, je n'entendais plus rien. S'il y avait eu un tremblement de terre autour de

moi, je ne l'aurais même pas senti.
Mais je ne disparaissais pas vraiment, bien sûr. J'étais seulement
bien.

Un jour, mon frère Gilles était
entré dans ma chambre et m'avait
surpris en train de lire *L'Île au
trésor.*

— Qu'est-ce que tu fais avec ça,
toi?

— Je lis. Qu'est-ce que tu penses
qu'on peut faire d'autre avec un
livre?

— Donne-moi ça, pour voir.

Je lui avais prêté le livre,
il l'avait feuilleté, et aussitôt sa
bouche s'était ouverte, ses yeux
s'étaient écarquillés.

— Tu lis ça, *toi*?

Il ne pouvait pas croire que
j'étais capable de lire un livre de
deux cents pages, sans une seule
illustration.

— C'est très intéressant. Je
peux te le prêter quand j'aurai fini,
si tu veux.

— Non merci, je n'ai pas de temps à perdre!

Il m'avait remis le livre en faisant la moue, comme si je lui avais proposé quelque chose de dégoûtant. Ensuite, il était retourné s'écraser devant la télévision. Au fond, je pense qu'il était jaloux. Même s'il avait deux ans de plus que moi, il n'avait jamais lu un seul livre de toute sa vie! J'étais fier de moi.

Le lendemain soir, je continuais à lire *L'Île au trésor* quand ma mère est entrée dans ma chambre.

— Qu'est-ce que tu fais là, toi?

— Je lis un livre...

— Est-ce que c'est un livre pour toi, au moins?

Je ne comprenais pas ce qu'elle voulait dire au juste, alors je lui ai expliqué que c'était Klonk qui me l'avait prêté, que c'était très intéressant... Elle a pris mon livre et l'a tourné et retourné entre ses mains. Elle avait un drôle d'air, comme si elle m'avait soupçonné de faire quelque chose de mal. (Dans ce temps-là, plusieurs parents se méfiaient des livres. Ils pensaient que ça donnait de mauvaises idées aux enfants, ou bien que ça usait les yeux, des choses comme ça.) Elle a fini par me remettre le livre et puis elle est retournée dans sa cuisine en haussant les épaules. Elle se méfiait encore, je pense, mais ça ne m'a pas empêché de me replonger dans mes aventures aussitôt qu'elle a été partie.

Dans la maison, tout le monde avait recommencé à se disputer. Par la fenêtre, j'entendais mes amis jouer au hockey, mais moi je n'avais qu'à ouvrir mon livre pour faire disparaître l'hiver. Je me retrouvais sur une île, au milieu de l'océan...

Me retrouver sur une île... C'est seulement une façon de parler, évidemment. C'est dans mon imagination que j'étais parti sur une île. Mon corps, lui, restait toujours étendu sur mon lit, dans ma chambre...

Avant de reprendre ma lecture, ce soir-là, j'ai pensé à Klonk. Réussissait-il vraiment à voyager dans l'espace ou dans le temps? Quand il lisait les aventures de Sherlock Holmes, était-il vraiment perdu dans le brouillard de Londres? Et quand il lisait *L'Île au trésor*, arrivait-il vraiment à s'embarquer sur un bateau de pirates?

Est-ce que j'avais rêvé quand je l'avais vu disparaître, dans la grande salle de l'école?

Comme je ne pouvais pas répondre à mes questions, j'ai décidé de continuer à lire. J'avais hâte de connaître la fin de *L'Île au trésor*, et plus hâte encore de rapporter mes livres à Klonk. Si je lui disais que j'avais beaucoup aimé ses livres, peut-être finirait-il par m'avouer son secret.

CHAPITRE DIX

Je vais le
savoir le
secret

Pendant les deux mois où j'ai eu mon plâtre, je suis allé chez Klonk chaque samedi après-midi. Pour me rendre chez lui, je devais passer devant la patinoire où jouaient mes amis. Parfois je m'arrêtais un peu, pour les regarder. Je m'ennuyais encore beaucoup du hockey, alors j'essayais de ne pas rester trop longtemps.

Je marchais le plus vite possible jusque chez Klonk. Même si j'avais été aveugle, j'aurais pu reconnaître sa maison : en plein hiver, quand toutes les fenêtres étaient fermées, on pouvait quand même entendre les disques d'Elvis Presley jouer à tue-tête.

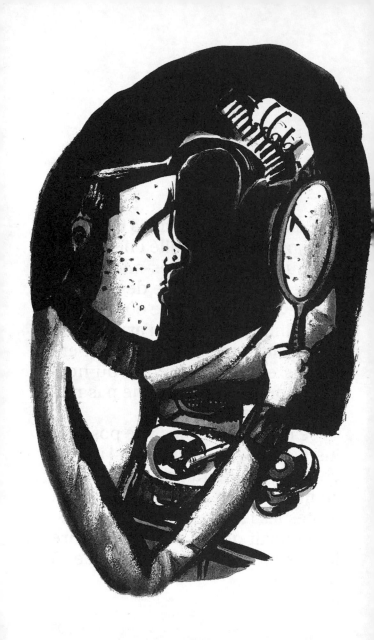

Les grands frères de Klonk adoraient Elvis Presley. Ils s'habillaient comme lui, se coiffaient comme lui et passaient même des heures à se regarder dans le miroir pour avoir l'air aussi tristes que leur idole. (Les adolescents détestent avoir l'air de bonne humeur. Ça fait partie de leur maladie.)

Nous nous amusions beaucoup, Klonk et moi, à imiter nos grands frères et nos grandes sœurs. On essayait d'avoir l'air triste le plus longtemps possible, ensuite on éclatait de rire.

On passait notre après-midi à jouer aux échecs ou au Monopoly, mais ce qu'on préférait, c'était parler des livres que nous avions lus. Nous aimions beaucoup les histoires de H. G. Wells, celui qui a écrit *L'Homme invisible* et *La Machine à voyager dans le temps*, mais notre auteur préféré a toujours été Conan Doyle.

Un jour, Klonk m'a raconté quelque chose d'étrange à son sujet. Comme il était fatigué d'écrire des histoires de Sherlock Holmes, Conan Doyle avait décidé de faire mourir son héros. Il avait donc écrit une histoire au cours de laquelle Sherlock Holmes se battait avec Moriarty, son ennemi mortel, et ils tombaient tous les deux au fond d'un ravin. L'histoire finissait comme ça : Sherlock Holmes était mort.

Le problème, c'est que les lecteurs ne voulaient pas qu'il meure. Ils étaient tellement fâchés qu'ils avaient écrit des milliers et des milliers de lettres à M. Doyle. Alors il avait écrit d'autres histoires, et c'est pour ça qu'un de ses livres s'intitule *La Résurrection de Sherlock Holmes.*

Moi aussi je lui aurais écrit une lettre, je pense. Sherlock Holmes n'avait pas le droit de mourir.

▲ ▲ ▲

C'est grâce à Sherlock Holmes que j'ai vu disparaître Klonk une autre fois. Ça se passait chez lui, un samedi après-midi. Nous étions très excités parce qu'il avait trouvé, à la bibliothèque, un Sherlock Holmes que nous n'avions jamais lu.

Klonk s'était installé sur son lit, avec *Le Chien des Baskerville*, et j'avais pris une bande dessinée. Ce que Klonk ne savait pas, cependant, c'est que je ne lisais pas vraiment mon album. Je faisais semblant, tout en le regardant du coin de l'œil.

Klonk et moi nous connaissions depuis longtemps à ce moment-là, alors il me faisait confiance. Il faut dire aussi que j'avais bien choisi mon occasion : *Le Chien des Baskerville* est une histoire tellement intéressante que...

Que ce qui devait arriver arriva : à peine avait-il lu deux pages que Klonk s'est mis à disparaître devant mes yeux. D'abord les pieds, puis les jambes...

J'ai attendu qu'il disparaisse presque complètement et puis je l'ai appelé. Il continuait à disparaître, comme s'il ne m'avait pas entendu. Alors j'ai parlé un peu plus fort et il s'est réveillé, tout d'un coup. Je veux dire par là qu'il est réapparu devant moi.

— Maintenant, lui ai-je dit, il faut que tu m'expliques.

— ... Oui, tu as raison.

CHAPITRE ONZE

Le secret
de Klonk

Il était là, assis sur son lit, le livre de Sherlock Holmes encore ouvert devant lui. Sa voix était faible, au début, mais plus il parlait, plus il prenait de l'assurance et plus sa voix emplissait la pièce. Toute sa famille était à la maison, ce jour-là, et il y avait encore plus de bruit que d'habitude. Pourtant, je n'entendais rien d'autre que l'histoire de Klonk, une des histoires les plus bizarres que j'aie jamais entendues.

À mesure qu'il me racontait ce qui lui était arrivé, il devenait aussi de plus en plus visible, et même un peu plus visible que d'habitude.

Cela arrive, parfois, quand les gens disent des choses vraiment importantes. C'est sans doute pour cela que je me souviens si bien de notre conversation, trente ans plus tard.

— La vérité, c'est que je ne sais pas du tout comment ça se passe. Je lis quelques pages d'un livre et, si je ne fais pas attention, je commence à disparaître...

— Tu ne le fais pas exprès?

— Pas du tout, non.

— Et ça t'arrive tout le temps?

— Non. Si le livre est trop court, ça ne marche pas. S'il n'est pas intéressant, ça ne marche pas non plus. Mais quand c'est un livre que j'aime, alors là... Même s'il y a plein de bruit dans la maison, je disparais. C'est comme si j'entrais dans un autre monde...

Je comprenais un peu ce qu'il voulait dire. J'avais vécu une expérience semblable, moi aussi, en lisant *L'Île au trésor*, mais de là à disparaître...

D'après Klonk, il se produit des phénomènes étranges dans le cerveau quand on lit un bon roman. Au début, on entend comme un bourdonnement dans les oreilles. Ensuite, on sent des vibrations, près du front. On devient tout étourdi. La plupart des gens arrêtent de lire quand ça leur arrive. Ils s'imaginent qu'ils sont tout simplement fatigués. Mais Klonk, un jour, avait franchi cette étape...

Il m'a ensuite parlé d'une théorie très compliquée. Il était question de vibrations de cellules, de décharges électriques, d'ondes longues, mais je ne l'écoutais pas vraiment. J'imaginais plutôt tout ce que je pourrais faire si je devenais invisible : donner des coups de poing à mes frères sans qu'ils puissent se défendre, débrancher le tourne-disque, jouer des tours à mes sœurs... Je n'avais plus qu'une seule idée en tête : rentrer chez moi pour essayer de disparaître.

▲ ▲ ▲

Aussitôt arrivé à la maison, je me suis étendu sur mon lit, j'ai ouvert les pages de mon livre et j'ai essayé de me concentrer. Le front tout plissé, j'ai lu dix pages sans m'arrêter et puis j'ai regardé mes pieds : ils étaient toujours là. J'ai lu encore dix pages et j'ai encore regardé mes pieds. Il me semblait qu'ils étaient un peu plus pâles que d'habitude, mais je n'en étais pas tout à fait certain. Peut-être mon plâtre m'empêchait-il de disparaître ?

J'ai essayé de lire encore plus longtemps, mais aussitôt que je me sentais repris par l'histoire, j'oubliais tout le reste. Il est très difficile de se concentrer sur un livre et de se regarder les pieds en même temps.

Cinquante pages plus tard, mes oreilles ne bourdonnaient toujours pas. Mes yeux, par contre, commençaient à picoter.

J'ai posé mon livre sur ma table de chevet et j'ai essayé de réfléchir à ce que Klonk m'avait dit. Les vibrations de cellules, les ondes longues, tout ça... Peut-être m'avait-il menti, tout simplement ? Peut-être avait-il inventé toute cette histoire, comme M. Conan Doyle avait inventé les histoires de Sherlock Holmes ? Peut-être avait-il lu tellement de livres qu'il avait fini par confondre la fiction et la réalité ?

Et pourtant je l'avais bel et bien vu disparaître devant moi, dans la grande salle de l'école, et encore une fois dans sa chambre...

C'est à ce moment-là qu'une drôle d'idée m'a traversé l'esprit. Je me suis dit que c'était peut-être *à cause de sa maladie* que Klonk avait le pouvoir de devenir invisible. Peut-être était-il capable de se concentrer cent fois plus fort que les autres enfants ? Ce n'était pas une idée si bête, après tout.

Les aveugles, paraît-il, entendent bien plus de choses que nous... J'étais un peu déçu d'avoir eu cette idée : si ma théorie était juste, cela signifiait que je n'arriverais sans doute jamais à devenir invisible, moi qui n'avais jamais été malade et qui n'avais eu, de toute ma vie, qu'un tout petit accident...

Ça me faisait tout drôle de penser que la maladie de Klonk avait peut-être été, dans un certain sens, une chance. Mon accident de hockey avait aussi été, à bien y penser, une chance : sans cet accident, jamais je ne me serais intéressé à Klonk. Je n'apprendrais peut-être jamais à devenir invisible, mais j'avais quand même découvert, grâce à lui, une excellente méthode pour ne jamais m'ennuyer. Et une excellente méthode, en plus, pour me débarrasser des adolescents.

Quand je me suis endormi, ce soir-là, je n'avais pas réussi à disparaître, mais j'étais quand même content de ma découverte.

Autant le dire tout de suite, j'ai lu des centaines de livres par la suite, sans jamais arriver à disparaître. Ou, du moins, sans jamais m'en rendre compte. J'ai eu tout de même beaucoup de plaisir à lire ces livres et je pourrais en parler pendant des pages et des pages, mais il faut maintenant que je termine mon histoire.

J'allais bientôt découvrir aussi qu'il y a des moments, dans la vie, où les plus grands plaisirs se mélangent avec les plus grandes peines.

Quelques jours plus tard, en effet, on m'enlevait enfin mon plâtre. J'aurais été le plus heureux des enfants de la terre si, en même temps, je n'avais pas perdu mon ami.

CHAPITRE DOUZE

le déménagement

Cela se passait au début du mois de mars, un samedi matin. J'étais étendu sur une civière et un infirmier sciait mon plâtre avec une petite scie électrique qui faisait beaucoup de bruit et de poussière blanche. J'avais tellement peur qu'il rate son coup et qu'il me coupe un petit morceau de jambe que je retenais mon souffle, sans bouger. J'étais devenu aussi pâle que ma jambe.

L'opération terminée, je me suis aperçu que j'avais eu peur pour rien. Ma jambe avait tellement rapetissé que la lame n'aurait jamais pu l'atteindre : elle était devenue deux fois plus maigre que l'autre, si bien que j'étais incapable de marcher. Moi qui pensais pouvoir courir le jour même, je n'arrivais pas à plier mon genou!

Le médecin m'a expliqué que c'était normal : les muscles n'avaient pas travaillé pendant deux mois, alors ils étaient faibles et rabougris. Il me suffirait de faire des exercices et tout rentrerait dans l'ordre. Je pourrais même jouer au hockey dans deux semaines!

Au début de l'après-midi, j'avais encore un peu de mal à marcher, mais rien au monde ne m'aurait empêché d'aller chez Klonk pour lui annoncer la bonne nouvelle.

J'avais tellement hâte que je pressais le pas. Quand je suis arrivé dans la rue de Klonk, je courais presque. Mais je me suis arrêté subitement quand j'ai vu ce qu'il y avait devant sa maison.

Un camion, un immense camion rouge et blanc était stationné en face de chez lui. Un camion de déménagement. Deux hommes très costauds transportaient le réfrigérateur. Les frères et les sœurs de Klonk les aidaient en emportant des boîtes et des petits meubles...

Avec son bras trop petit, Klonk ne pouvait pas les aider.

Il était assis sur le bord du trottoir et regardait sa maison se vider.

Klonk déménageait et il ne me l'avait même pas dit? J'étais tellement fâché que j'ai eu envie de rebrousser chemin, de rentrer à la maison et d'essayer de tout oublier. Mais ensuite je me suis dit que ce n'était pas si grave que ça : peut-être allait-il habiter quelques rues plus loin, tout simplement. Et même s'il allait habiter plusieurs rues plus loin, je pourrais toujours aller le voir en autobus...

Je me suis assis à côté de lui, sur le bord du trottoir, et il m'a expliqué ce qui arrivait : son père avait un nouvel emploi, à Québec, et sa famille devait absolument déménager.

— Pourquoi ne m'en as-tu pas parlé?

— J'ai pensé que c'était mieux comme ça...

Ensuite nous n'avons rien dit pendant un bon moment. Nous restions là, tous les deux, à regarder le camion se remplir, ne sachant trop quoi dire... Lui à Québec et moi à Montréal! Nous ne nous reverrions peut-être jamais!

J'étais triste, évidemment, et Klonk aussi, je pense. Mais que pouvions-nous y faire?

Je regardais les frères et les sœurs de Klonk transporter des boîtes dans le camion. J'aurais pu les aider, mais je n'étais pas pressé que mon ami s'en aille, bien au contraire.

Au lieu de rester là à ne rien dire, j'ai essayé de faire des blagues. Je disais à Klonk que les adolescents, avec leurs grands bras et leurs grandes jambes, ressemblaient vraiment à des babouins ou alors à des pieuvres toutes molles... Klonk a essayé de plaisanter, lui aussi : il essayait d'imaginer une pieuvre chanter comme Elvis Presley... Au début, nous avions du mal à nous trouver drôles, mais nous avons fini par rire vraiment. Ça faisait du bien.

Quand le camion a été rempli, nous avons joué, une dernière fois, à un de nos jeux préférés. Nous nous sommes imaginé que nous étions deux adolescents et qu'il fallait avoir l'air le plus triste possible. Nous avons réussi à tenir le coup pendant trente secondes, ensuite nous avons éclaté de rire.

— C'est peut-être une bonne chose qui nous arrive, m'a dit Klonk avant de monter dans l'automobile de ses parents : nous nous quittons avant de devenir des babouins débiles...

Un gros camion de déménagement.

Et puis le camion est parti, bientôt suivi de l'automobile. Klonk était assis derrière. Il a pu me saluer, par la lunette arrière, avant que l'automobile tourne le coin de la rue. Je n'avais même pas pensé à lui demander sa nouvelle adresse.

C'était fini. Je n'avais pas besoin de me forcer pour avoir l'air triste.

CHAPITRE TREIZE

Ah!! Le hockey

Le lendemain, j'avais décidé que le meilleur moyen d'oublier Klonk était de recommencer, le plus vite possible, à jouer au hockey. J'ai donc fait des exercices, comme me l'avait suggéré le médecin. Je me couchais sur le dos et j'essayais de lever ma jambe dans les airs dix fois de suite. Au début, c'était difficile, mais je continuais quand même. Je me reposais un peu, et puis je recommençais. Dix fois, puis vingt fois, puis trente fois.

Ensuite je m'assoyais sur une chaise et j'essayais de me lever en m'appuyant d'abord sur mes deux jambes, et ensuite seulement sur ma jambe la plus faible. Dix fois, vingt fois, trente fois, jusqu'à ce que je ne sois plus capable. Je me reposais alors un peu, et puis je recommençais.

Quand ma jambe a été plus forte, je me suis entraîné en montant et en descendant l'escalier qui menait au sous-sol. Dix fois, vingt fois, trente fois, jusqu'à ce que mes frères et mes sœurs me disputent parce qu'ils ne s'entendaient plus se disputer entre eux.

Une semaine plus tard, je pouvais enfin enfiler mes patins et recommencer à jouer au hockey. Il était temps : on était au mois de mars, la saison pouvait finir d'un jour à l'autre!

Jamais je n'ai autant joué au hockey que pendant ces semaines-là. J'étais toujours le premier arrivé à la patinoire et le dernier à la quitter. Quand ma mère me disait de rentrer à la maison à neuf heures au plus tard, j'arrivais à neuf heures et demie. Elle pouvait me disputer tant qu'elle voulait, ça ne me dérangeait pas : je voulais patiner, un point c'est tout.

Cet hiver-là, il a fait froid pendant tout le mois de mars, si bien que nous avons pu jouer au hockey chaque soir de la semaine, et tous les samedis et les dimanches. Quand je rentrais à la maison, j'étais si fatigué que je m'endormais aussitôt la tête posée sur l'oreiller et je dormais tellement dur que je n'avais même plus la force de rêver.

▲ ▲ ▲

Au début du mois d'avril, il s'est mis à pleuvoir pendant trois jours de suite. Finie la patinoire, finie aussi la saison de hockey. Il pleuvait tellement fort que nous ne pouvions même pas jouer au hockey-balle dans la rue ou dans la cour d'école.

On pouvait jouer au Monopoly ou au hockey sur table, bien sûr, mais ce n'était pas aussi drôle.

C'est à ce moment-là que je me suis rendu compte que mes anciens amis ne savaient pas faire autre chose que de jouer au hockey. Quand je leur proposais d'aller emprunter des livres à la bibliothèque, ils me regardaient comme si j'étais un fou.

L'été suivant, certains de mes amis s'étaient mis à grandir très vite. Il leur poussait une petite moustache et parfois des boutons. Ils avaient attrapé l'adolescence.

Je savais bien que j'allais l'attraper moi aussi, un jour ou l'autre, mais rien ne pressait. Au lieu de m'ennuyer, d'aller fumer en cachette ou de coller des photos de chanteurs sur les murs de ma chambre, j'ai décidé d'aller à la bibliothèque me chercher un Sherlock Holmes.

Je me souviens encore de ce que je pensais quand je me suis installé dans le salon avec mon livre. J'avais aussi hâte de lire que j'avais eu hâte de recommencer à jouer au hockey, après mon acci- dent. Je me sentais comme si, tout ce temps-là, j'avais eu un plâtre dans la tête et qu'on venait enfin de me l'enlever.

CHAPITRE QUATORZE

Les Retrouvails

Ensuite la vie a continué. J'ai attrapé l'adolescence, moi aussi. J'ai grandi très vite, l'espace d'un été, mais je n'ai pas eu de boutons, heureusement. J'achetais des disques des Beatles que je faisais jouer cent cinquante fois de suite, je me laissais pousser les cheveux et la barbe pour ressembler à John Lennon, mais je ne réussissais jamais à avoir l'air vraiment malheureux. Je repensais à Klonk, et je riais tout seul.

La plupart de mes amis avaient cessé de jouer au hockey, mais pas moi. Aujourd'hui encore, même si j'ai quarante ans, il m'arrive d'organiser des parties de hockey-balle avec mes amis. Ce n'est pas parce qu'on est adolescent ou adulte qu'on est obligé d'être triste.

C'est un peu grâce à Klonk, je pense, que j'ai pu devenir un peu moins adolescent que les autres. Au lieu de passer mes journées à ne rien faire et à me plaindre que tout était ennuyant, j'allais à la bibliothèque emprunter des livres. Il me suffisait de les ouvrir pour oublier tout ce qui se passait autour de moi.

Chaque fois que j'avais terminé un bon livre, je pensais à Klonk. J'aurais tellement aimé en parler avec lui... Quand il m'arrivait de passer devant son ancienne maison, j'imaginais tout ce que nous aurions pu faire ensemble s'il n'avait pas déménagé, et j'étais un peu triste. Il est facile de trouver des amis pour jouer au hockey, mais des vrais amis, avec qui il est possible de parler des heures durant sans jamais s'ennuyer, c'est beaucoup plus rare.

Ensuite je suis allé à l'université, je me suis marié et j'ai eu des enfants. Même devenu adulte, je pensais à Klonk, quelquefois, surtout quand, vers l'âge de trente ans, j'ai décidé d'écrire des livres. Si je n'avais pas rencontré Klonk, peut-être que je n'aurais jamais eu cette idée. Et c'était une bien bonne idée, je trouve. Quand on écrit des romans, on est encore plus concentré que lorsqu'on les lit. Tellement concentré qu'on oublie tout ce qui se passe autour de nous et qu'on disparaît *presque*. Parfois, quand je suis installé devant mon ordinateur pour inventer des histoires, ma femme me dit que je suis dans un autre monde. Elle a un peu raison.

La première fois qu'un de mes livres a été publié, j'ai pensé que Klonk en entendrait peut-être parler dans les journaux. Peut-être qu'il achèterait mon livre, qu'il le lirait et qu'il m'écrirait une lettre? Ensuite j'aurais pu lui répondre, nous aurions pu nous revoir et parler de tout ce que nous avions fait depuis que, encore enfants, nous nous passionnions pour les aventures de Sherlock Holmes... Mais il ne m'a jamais écrit.

▲ ▲ ▲

La plupart du temps, les auteurs restent chez eux pour écrire leurs livres. Mais il leur arrive d'aller rencontrer des lecteurs dans des écoles, des bibliothèques ou des salons du livre.

C'est comme ça que j'ai enfin revu Klonk, l'année dernière, au Salon du livre de Québec. J'étais assis à un stand, à signer des dédicaces, quand soudain, en levant les yeux...

Je l'ai reconnu tout de suite, malgré sa barbe et son bras artificiel tellement bien fait que son infirmité, maintenant, ne se voit presque plus.

Une fois la séance de signatures terminée, je suis allé chez lui. Il habite une immense maison très bizarre, avec plein de tourelles et de lucarnes, une maison qui ressemble étrangement à celle que j'imaginais en lisant des Sherlock Holmes : des meubles vieillots, de lourdes tentures, des fauteuils à oreilles, des centaines de livres empilés n'importe comment... Une maison magnifique, vraiment.

Nous avons mangé ensemble, lui et moi, en buvant un vin délicieux et en bavardant de choses et d'autres, comme le font ensemble les adultes. Je me souviens que nous avons parlé des livres pour enfants. Il me disait que les jeunes étaient bien chanceux, aujourd'hui : il y a plein d'auteurs qui écrivent pour eux. Le seul problème, à son avis, c'est que leurs livres sont beaucoup trop courts.

Notre conversation a ensuite pris une tournure plus bizarre. Il m'a raconté qu'il avait fait plusieurs inventions, et il avait amassé tellement d'argent en vendant ses brevets qu'il n'avait plus besoin de travailler.

— Quelle sorte d'inventions ?

— Un briquet à eau, pour les gens qui veulent cesser de fumer. Des broches à tricoter chauffantes, pour les grand-mères frileuses. Une machine à faire de la nuit, pour ceux qui veulent dormir pendant la journée... Mais ce ne sont que des bagatelles. Ce qui m'intéresse le plus, ce sont les ondes du cerveau.

Je l'ai laissé parler un bon moment de tout ce qu'on pouvait faire en contrôlant les ondes du cerveau (ce qu'il me disait me paraissait incroyable, mais je n'osais pas le contredire), et puis j'ai enfin osé lui poser la question qui me brûlait les lèvres depuis si longtemps :

— Dis-moi enfin la vérité, Klonk. Est-ce que c'était bien vrai, les histoires que tu me racontais à propos des ondes longues, des vibrations de cellules, tout ça? Tu disparaissais vraiment?

— Oui, je disparaissais vraiment. Mais je n'en étais alors qu'à mes premiers pas, je peux faire beaucoup mieux aujourd'hui. J'ai même quelques projets qui pourraient t'intéresser, je pense, toi qui écris des histoires...

— ... Est-ce que tu voudrais, par hasard, que je devienne le docteur Watson de Sherlock Klonk?

Au lieu de me répondre, il m'a lancé un étrange regard, et puis il m'a versé un autre verre de son délicieux vin.

J'avais une folle envie de parler de ses mystérieux projets, mais il avait raison, je pense, de ne pas précipiter les choses. Retrouver un vieil ami, trente ans plus tard, c'est une telle chance qu'il convenait, avant tout, de célébrer nos retrouvailles.

Klonk et Fred boivent du vin.